Lb 4° 2021.

ENCORE UNE LARME

SUR LA TOMBE

DE NAPOLÉON.

ENCORE UNE LARME

SUR LA TOMBE

DE

NAPOLÉON;

PAR BEAUJOUR FILS (DE CAEN).

Respectons, ô Français ! un grand homme, un héros
Dont l'univers entier admire les travaux ;
Rappelons-nous toujours qu'il sauva la patrie
Dans ces temps orageux où régnait l'anarchie :
Detestons ces ingrats qui, comblés de bienfaits,
Quand il est malheureux, l'accablent de leurs traits.

PARIS,
CHEZ TOUS LES MARCHANDS DE NOUVEAUTÉS.
16 AOUT 1821.

ENCORE UNE LARME

SUR LA TOMBE

DE NAPOLÉON.

O FRANCE! ô ma patrie! inspire-moi, je veux parler de ton héros! Il n'est plus le génie français, la cruelle Parque a tranché le cours d'une si belle vie.

O France! pas un de tes enfans ne peut répandre une larme sur sa tombe; et vous, braves guerriers qui versâtes votre sang pour notre belle patrie, vous venez de perdre celui qui vous conduisait à la gloire et à l'immortalité; vous l'avez perdu celui qui partageait vos glorieux travaux. Pleurez, la victoire est en deuil...

Entendez-vous, sans une douleur profonde, ces vils et astucieux blasphémateurs s'efforçant de ternir sa gloire, dont ils ne peuvent soutenir l'éclat ?

Qu'ils jettent un coup-d'œil rapide sur sa glorieuse carrière. Voyez le siége de Toulon, vous verrez les premiers faits d'armes du héros naissant (digne déjà d'être comparé aux plus grands capitaines) faisant présager ce qu'il serait un jour.

Plus loin, admirez-le à Arcole, bravant la mitraille et la mort qui l'entouraient de toutes parts, et faisant, par son courage, triompher, au péril de ses jours, les braves qui marchaient sur ses traces.

Vous pouvez le voir aux Pyramides... son retour en France... ses victorieuses campagnes d'Italie... le rétablissement des autels... enfin, ses mémorables campagnes

d'Austerlitz, Iéna, Wagram, Esling, la
Moskowa, Lutzen, Bautzen et tant d'au-
tres qui ont à jamais immortalisé le nom
français ! On nous craignait alors ! mais
depuis, quel changement !....

Osez, après de telles campagnes, l'accuser de lâcheté.

Mais il est encore des hommes qui n'ont
de français que le nom, que sa gloire
éblouit, et, qui au temps de sa grandeur,
étaient ses plus vils flatteurs; il en est
encore, dis-je, qui cherchent à le flétrir
dans la mémoire de ses braves compagnons
d'armes.

C'est à vous que j'en appelle, ô mes
compatriotes ! vous, qu'il chérissait comme
ses propres enfans; vous, qui avez blanchi
sous les armes, et qui marchâtes toujours

sous lui à la victoire. Etait-il lâche... in-
grat?... J'entends votre réponse, je vois
couler vos larmes...

O ma patrie ! tu possèdes cependant
dans ton sein d'aussi odieux calomnia-
teurs ! ils ont même osé vous accuser
comme étant ses satellites. Qu'ils appren-
nent donc, les lâches, que Napoléon vou-
lait le bonheur de la France, et qu'en se
battant sous ses nobles bannières, c'était
combattre pour le bonheur de la patrie,
et que la véritable gloire consiste à savoir
mourir pour son pays ; qu'ils se rappellent
ces mots de celui que nous pleurons :
« Je veux la paix, mais une paix durable
» qui assure le bonheur des Français. »
Est-ce là vouloir le malheur de la France ?

On l'accuse encore d'avoir sacrifié le
sang de ses sujets. Rappelez-vous que lors-

qu'on lui dit que vous éprouviez beaucoup
de fatigues et de privations, et que vous ne
vous montriez sensibles qu'au plaisir de le
voir, sa réponse fut : « Ils ont raison, car
ce n'est que pour épargner leur sang que je
leur fais éprouver de si grandes fatigues. »
Mais lui-même prenait-il plus de repos.

Et vous, Parisiens, que ne lui devez-
vous pas ? Rappelez-vous ces mots lorsqu'il,
vous adressa ces drapeaux et ces canons,
fruits de sa victoire d'Austerlitz; son cœur
paternel traça ces paroles : « Et qu'ils
» soient, pour ma bonne ville de Paris, un
» gage de l'amitié que lui porte son sou-
» verain. » Vous possédez dans votre sein
tous ces monumens, ces arcs-triomphaux
et cette immortelle colonne, qui semble
être placée là afin de dominer le monde
entier. Vous ne l'avez sans doute pas ou-
blié... Non, vous n'êtes pas ingrats !..

Mais il n'est plus !.. ses cendres reposent loin de nous ; l'immensité des mers nous sépare du tombeau de celui auquel tous nos souvenirs de gloire se rattachent...

O souvenirs amers ! son épouse ! son fils !.. que je vous plains! vous n'avez pu recevoir sur votre sein le dernier soupir de celui qui vous fut cher, peut-être même les pleurs que vous versez sur la mort de vótre illustre époux sont-ils condamnés... O tendre mère ! épouse infortunée ! le Français vous plaint...

Et vous, illustre enfant, vos faibles bras n'ont pu presser sur votre cœur celui dont vous reçûtes le jour : il n'a pas étendu ses mains défaillantes sur votre tête, pour vous bénir; vous n'étiez pas là pour recevoir ses derniers adieux !.. Qui vous consolera ?.. sa dernière pensée fut pour vous et pour sa

patrie... Que je plains le fils infortuné pri-
vé de la dernière bénédiction paternelle!..

Et vous, braves Bertrand et Montho-
lon, vous, qui fûtes ses généreux amis, qui
partageâtes sa gloire et son exil, quel vrai
Français ne vous comble de louanges?
Vous avez partout suivi celui qu'il chérissait. Votre ami n'est plus !.. Mais vos
deux noms resteront à jamais gravés dans
nos cœurs.

Il n'est plus, celui qu'épargna tant de
fois le glaive des batailles, celui qui était
assis au beau trône de France, celui qui
vit tous les rois à ses pieds; il n'est plus...
Adieu donc, grand homme ! immortel
génie, adieu !....

Pleurons !... sa perte est irréparable; la
mort, la cruelle mort, n'a point épargné
les jours du grand conquérant.

Mais comment ta faulx a-t-elle osé frapper?

O crime horrible! qu'ai-je entendu! quels murmures! non content de son exil...

Que dire à la postérité qui nous demandera ce que nous avons fait pour le grand homme? Nous n'aurons donc à lui répondre que ces mots : Mort empoisonné... Voilà donc, nous dira-t-elle, la récompense que vous décernez à l'homme qui vous illustra pendant quinze années par ses hauts faits et son grand génie! vous lui deviez des autels... Il meurt empoisonné!!..

Mais ce n'est pas vous, Français, que l'on doit accuser. Vous n'avez point participé au crime qui vous enlève celui qui fut votre empereur. Que ses ennemis tremblent! Ils porteront tout le poids de notre ressentiment !

O Albion! ta haine ne s'est pas démentie, mais tremble! tremble, te dis-je! le jour de la vengeance n'est pas éloigné, il est peut-être plus proche que tu ne le crois; le glaive de la justice est prêt à frapper pour venger la cendre du grand capitaine.

L'ombre du conquérant demande des vengeurs; elle en trouvera...

Il n'est plus, celui qui conduisait nos phalanges triomphales des bords du Nil aux rives du Borystène, et la victoire en deuil semble tomber du même coup que son favori.

O France! ô patrie du héros! pleure sur son tombeau; il fut digne de te gou-

verner, tu lui dois des regrets, il n'est plus!
Repose en paix, cendre chérie ; repose loin
de nous sur un rocher escarpé, au sein
des mers: un laurier n'ombrage peut-être
pas ta tombe, toi, qui portas des couronnes
et qui en fut digne. Quel effet ton nom ne
produira-t-il pas sur la postérité la plus
reculée ! Quels souvenirs!... Oh! souvenirs trop chers de notre gloire passée...
C'est à vous, impartiale histoire , qu'ap-
partient l'honneur de transmettre son nom
à l'immortalité.

Il n'est plus! Je lui dis un éternel adieu!...

Et vous, braves guerriers, ses vieux compagnons d'armes ; joignez-vous avec moi à
votre généreux camarade, notre brave com-
patriote M. A. Goujon, et demandons en-
semble à ce que ses glorieuses dépouilles
soient ensevelies au milieu de nous , sous

l'immortel monument, vivante image de ses nombreux exploits! Mais surtout ne l'abandonnons pas aux mains de nos cruels ennemis, ses perfides bourreaux... O Albion! Albion, prépare ta tête! tu vas payer cher son horrible supplice...

BÉLLEQUE FILS (DE CAEN).

FIN.

DE L'IMPRIMERIE DE CONSTANT-CHANTPIE,
rue Saint-Anne, n°. 20.

www.ingramcontent.com/pod-product-compliance
Lightning Source LLC
Chambersburg PA
CBHW070804200626
46811CB00023B/1676